Scottish History

A Colouring Book

Elfreda Crehan

Published 2023 by Lexus Ltd
47 Broad Street, Glasgow G40 2QW

© Lexus Ltd, 2023

www.lexusforlanguages.co.uk

Cover design by Elfreda Crehan

All rights reserved. No part of this publication may be reproduced or stored in any form without permission from Lexus Ltd, except for the use of short sections in reviews.

British Library Cataloguing in Publication Data. A catalogue record for this book is available from the British Library.

ISBN: 9781904737629

Printed and bound in Europe by PULSIO SARL

For Mum,
who took me to lots of castles.

Let's awa fur a wee dauner back in
time through Scottish history —
it's gaun tae be a bumpy ride!

And if you want to hear the Scots
being spoken just scan this

Skara Brae

Way back 5000 years since, folk stayed in these stane hooses in Orkney.

Some folk have just spied there's a doister on the way! In jist a wee while the hale village will be covered wi' sand and no be uncovered till 1850!

the Antonine Wall

In 143 AD the Romans built a muckle waa fae the Firth o' Forth tae the Firth o' Clyde.

They tried tae keep the Caledonians oot but they couldnae dae it fur lang!

Saint Columba

In 563 Columba came ower fae Ireland tae the bonny isle o' Iona.

He set up an abbey and brocht Christianity tae the pagan Picts.

the Vikings

Fur hunnerts o' years the Vikings invaded Scotland. Yon ships are oan their way tae the west coast in the ninth century.

There's a wheen o' galleys hastin ower the waves.

It's a fearsome sicht!

David I and the Border Abbeys

King David founded a wheen o' abbeys, includin Melrose in 1136. It's still a braw sicht the day.

We'll no forget the workies wha did aw the biggin, mind!

the Battle of Bannockburn

In 1314 there wis a sair fecht at Bannockburn.

A'body's cheerin Robert the Bruce efter the Scottish airmy won!

Mary, Queen of Scots

Mary had four ladies-in-waiting - aw cried Mary!

In 1567 she was preesoned in Loch Leven Castle, till she managed tae win oot ane nicht.

She wis a hapless wummen mind — we aw ken whit befell her in the end!

Flora MacDonald

Efter the Battle o' Culloden in 1746, Flora MacDonald helped Bonnie Prince Charlie tae get awa.

Afore they sailed ower the sea tae Skye, they tried dressin him in a goonie lik a maid.

That wis mibbe no sic a guid notion.

the Nor Loch

The Nor Loch wis a clarty, loupin loch next tae the castle rock where folk cowped a' their rubbish.

Ye wouldnae want tae tak a dook in it!

See whit a grand sicht Embra wis in 1830, efter the loch wis drained!

Crofting

In the 18th and 19th centuries mony folk in the Highlands had tae bide on crofts. A'body had tae help oot - howkin tatties, fishin, spinnin, knittin, gaitherin and burnin the kelp.

The blackhooses were mirky and reekie and the life wis a dree!

Lighthouse engineering

In the 19th century Robert Stevenson (an unco crafty chiel) pit his heid tae designing lichthooses.

The lichts gave warnin o' the rocks and saved mony a life.

This is ane o' his - Bell Rock!

the Clearances

Mony a crofter wis herried oot o' their hame in the Clearances.

It's 1850 and yon faimily's haein tae leave their hoose in the Highlands.

Whit's gaun tae come o' yon bairns an their mither and faither?

Mibbe they'll hae tae gang tae America!

the Herring lasses

Thae gallus weemen gaed aw ower Britain followin efter the herrin seasons in the 19th and early 20th centuries.

They were guttin and packin the barrels.

It wis gey haird wirk.

Atween whiles they'd be knittin and haein a blether!

Shipbuilding on the Clyde

It's 1938 and the docks is fair hoachin wi folk.

Aw the bairns want tae tak a deek at the big ship their faithers and brithers wirked sae haird on.

a' all
a'body everybody
ane one
atween whiles in between times
aw all
awa away
ayont beyond
bairns children
bide live
biggin building
blether chat
bonny beautiful
braw great
brithers brothers
brocht brought
chiel fellow
clarty dirty
couldnae couldn't
cowp tip
crafty clever
cried called
dae do
dauner stroll, wander
deek look
doister storm
dook dip
dree struggle
efter after
Embra Edinburgh
fae from
faimily family
faither father
gaed went
gaitherin gathering
gallus bold, daring
gang go
gaun going
gey very
goonie dress
guid good
haein having
haird hard
hale whole
heid head
herried oot evicted
hoachin swarming, very busy
hoose house
howkin digging
hunnerts hundreds
jist just
kelp seaweed
ken know
loupin disgusting
mibbe maybe
mirky dark
mither mother
mony many
muckle big
nor north
oot out
ower over
preesoned imprisoned
reekie filled with smoke
sae so
sair fecht hard battle
sic such
sicht sight
stane stone
tae to
thae those
unco very
unco wheen huge number
waa wall
weemen women
wheen whole load of
whit what
win oot escape
yon that, those